MASON MOVES AWAY

A SOLOMON RAVEN STORY

MASON SE MUDA

For my favorite little ones:
Emma, Adalynn, Mason, and Clara
— Amy

To my Aunt Diane, the greatest teacher ever.
— Robb

Text Copyright ©2004 by Amy Crane Johnson
Illustration Copyright ©2004 by Robb Mommaerts
Spanish Translation Copyright ©2004 Raven Tree Press

Johnson, Amy Crane.
    Mason moves away : a Solomon Raven story / written by
Amy Crane Johnson ; illustrated by Robb Mommaerts =
Mason se muda : un cuento del cuervo Salomón / escrito
por Amy Crane Johnson ; ilustrado por Robb Mommaerts.
-- 1st ed.
    p. cm.
    Text in English and Spanish.
    SUMMARY: When people enter the northwooods, Mason
the beaver's peaceful environment is threatened leading
Solomon to explain the gentle balance that must exist
between humans and wildlife.
    Audience: Ages 4-8.
    LCCN 2002092563
    ISBN 0-9720192-3-5

    1. Beavers--Juvenile fiction. 2. Habitat (Ecology)--
Juvenile fiction. 3. Moving, Household--juvenile
fiction. [1. Beavers--Fiction. 2. Habitat (Ecology)--
Fiction. 3. Moving, Household--Fiction. 4. Spanish
language materials--Bilingual.] I. Mommaerts, Robb.
II. Title. III. Title: Mason se muda

PZ73.J546 2004   [E]
                     QBI33-1176

Printed in China by Regent Publishing Services Limited
            10 9 8 7 6 5 4 3 2 1
                  first edition

MASON MOVES AWAY

Written by / Escrito por
Amy Crane Johnson

Illustrated by / Ilustrado por
Robb Mommaerts

Translated by / Traducción por
Eida de la Vega

MASON SE MUDA

Raven Tree Press
LLC

Sunlight streamed through the north woods. All the forest friends were working and having fun in the warm summer sun. Mason was especially busy building a new beaver lodge.

La luz del sol se filtraba entre los bosques del norte. Todos los amigos del bosque trabajaban y se divertían bajo el tibio sol del verano. Mason estaba muy ocupado, construyendo una nueva madriguera para castores.

Solomon Raven, the wisest bird in all the forest, perched on Mason's home.

"Why are you building a new house?" asked Solomon. "I thought you had a nice place for your family."

El cuervo Salomón, el pájaro más sabio del bosque, estaba posado sobre la casa de Mason.

—¿Por qué construyes una nueva casa? —le preguntó Salomón—. Creí que ya tenías un sitio adecuado para tu familia.

"I did," answered Mason. He slapped mud into place with his wide, flat tail. "But when I woke up this morning it was broken apart. I don't know what happened."

—Es cierto —respondió Mason. Con la ayuda de su cola ancha y plana colocó el barro en su lugar—. Pero esta mañana, cuando me desperté, la casa estaba rota. No sé qué sucedió.

Solomon thought and thought. No wind or rainstorms had come through the forest. What was going on?

Off he flew to see what the other animals might know.

Salomón pensó y pensó. Ni vientos ni tormentas habían azotado el bosque. ¿Qué sucedía?

Salió volando para ver qué podía averiguar con los demás animales.

"Mason's house was broken apart last night," he told Cinnamon.

Cinnamon growled, "That's terrible news! Cubby and I were fishing near Mason's last night. His pond makes a wonderful fishing hole."

—La casa de Mason se rompió anoche —le dijo a Canela.

—¡Qué mala noticia! —gruñó Canela—. Cubby y yo estábamos pescando anoche cerca de la casa de Mason. Su laguna es magnífica para la pesca.

Solomon came to the stream where Silver was swimming. The river ran fast now that Mason's dam was gone. Silver hurried by before Solomon could ask questions.

Salomón se acercó al arroyo donde nadaba Plata. La corriente era muy fuerte ahora que ya no existía la represa de Mason. Plata pasó de largo antes de que Salomón pudiera preguntarle.

Solomon flew back to his hickory tree.
Pearl was snuggled in her pretty leaf nest.
"Pearl, did you hear anything near the beaver pond last
night?" asked Solomon.

Salomón regresó a su nogal. Perla estaba
acurrucada en su bonito nido de hojas.
—Perla, ¿oíste algo anoche cerca de
la laguna de Mason?
— le preguntó Salomón.

17

"No," said Pearl, whose hearing was very good,
"but I hear something now!"

Both Solomon and Pearl turned their heads
toward the noise.

"Listen! Listen! What's that?" Pearl chattered.

—No —dijo Perla que tenía un oído muy fino—,
¡pero ahora sí oigo algo!

Salomón y Perla giraron las cabezas en dirección
al sonido.

—¡Escucha! ¡Escucha! ¿Qué es eso? —susurró Perla.

The noise grew louder. Thumps and booms and loud noises filled the summer air. Solomon sped to the edge of the woods.

El ruido se hacía más fuerte. Golpes y estruendos y ruidos fuertes llenaban el aire. Salomón voló hasta la orilla del bosque.

People were in the woods! Solomon knew about people. He saw them hunt in autumn and fish in spring. What were they doing here now?

¡Había *gente* en el bosque! Salomón conocía a la gente. Las había visto cazar en el otoño y pescar en la primavera. ¿Qué hacían aquí ahora?

Solomon stood watch all day. When the sun set and the people left, he gathered all the forest friends beneath his hickory tree.

"I think Mason might have to find a new home," Solomon said. "People are coming to the woods to live. Mason's home blocks the stream and I'm afraid they will keep tearing it apart."

Salomón vigiló todo el día. Cuando el sol se puso y la gente se fue, reunió a todos los amigos del bosque debajo de su nogal.

—Creo que Mason tendrá que buscar un nuevo hogar —dijo Salomón—. La gente viene a vivir al bosque. La casa de Mason bloquea la corriente y me temo que la gente va a destruirla una y otra vez.

"Oh, no," cried Mason. "I love living close to my friends. I don't want to move."
But he understood Solomon was right.

The next day the forest friends helped Mason find a good spot for his new home. With tears in their eyes, they said good-bye.

—Oh, no —gimió Mason—. Me gusta vivir cerca de mis amigos. No quiero mudarme.
Pero se dio cuenta de que Salomón tenía razón.

Al día siguiente, los amigos de Mason lo ayudaron a encontrar un buen sitio para su nueva casa. Se despidieron con lágrimas en los ojos.

"Sometimes we have to do things we don't like," said Solomon. "Having friends makes it easier."

All summer long, Mason and his old friends visited each other. His family was safe and happy. They made new friends too.

—A veces tenemos que hacer cosas que no nos gustan —dijo Salomón—. Tener amigos facilita las cosas.

Mason y sus viejos amigos se visitaron durante todo el verano. Su familia estaba a salvo y feliz. Además, hicieron nuevos amigos.

As summer passed, the people moved from other places and came to live in the woods. They loved the singing birds and cheerful animals. Moving can be a good thing.

The forest friends agreed.

Cuando el verano terminó, vino gente de otros lugares a vivir en el bosque. Les gustaba oír el canto de los pájaros y los alegres ruidos de los animales. Mudarse puede ser algo agradable.

Los amigos del bosque estuvieron de acuerdo.

Glossary / Glosario

English	Español
lodge	la madriguera
house	la casa
broken	rota
fishing	la pesca
swimming	nadaba
people	la gente
summer	el verano
family	la familia
friends	los amigos
happy	feliz